Das kleine Wort „warum?“

Autor und Gestaltung:
Wolfgang P. Hanke

Herstellung und Verlag:
Books on Demand, Norderstedt

ISBN: 9783839110300

Wolfgang P. Hanke

Das kleine Wort "warum?"

Kurzgeschichten

Band 1

Inhaltsverzeichnis

Warum müssen Freunde sterben?

Es wehte ein kalter Wind von Osten her und es begann allmählich zu dunkeln. Ein Mädchen im Alter von etwa 10 bis 12 Jahren lief über das verschneite Feld hinter dem Haus und rief ängstlich, aber so laut es konnte: „Kessy! Kessy!?" Schon den zweiten Tag hatte sie ihr kleines Kätzchen nicht mehr gesehen.
Das kleine Mädchen stellte sich auf die Zehenspitzen, weil es glaubte, dann mehr zu sehen, obwohl das Feld vor ihm mit keinem Hindernis seinen Blick verstellte. Die Kleine suchte mit sorgenvollem Blick die gleichmäßig weiße Fläche ab, die außer ein paar Buckeln keine Besonderheiten aufwies. Es war nichts zu sehen, nichts rührte sich. Ob vielleicht hinter einem Buckel ihre kleine Kessy saß und auf ein Mäuslein lauerte?
„Kessy! Keessy! – Keeeessy!"
Es war wohl doch nichts. Langsam drehte sie sich um und schaute auf das Wohnhaus zurück. Dort war schon Licht in den Fenstern zu sehen – es sah alles sehr anheimelnd aus und es hätte sie erfreut, wenn, ja wenn ihre Gedanken nicht immerzu ganz bei ihrem Kätzchen gewesen wären. Es hatte

gestern früh noch in ihrem Arm gelegen und sie hingebungsvoll angeschnurrt – es wusste sich ganz geborgen bei ihrer kleinen Pflegemutter. Aber Kessy war gestern abend nicht nach hause gekommen wie sonst, wenn sie mal einen Ausflug unternommen hatte. ‚Ach wäre doch meine kleine Kessy wieder da‘, dachte das Mädchen. Es war doch ihre liebste Freundin und nun machte es sich große Sorgen, wo diese wohl hingelaufen sein könnte. Schließlich lauerten überall Gefahren für eine kleine, unerfahrene Katze. – Vielleicht ist sie ja schon wieder nach hause gelaufen‘, dachte sie bei sich und rannte schnellentschlossen zum Haus zurück. „Kessy! Kee-essy! Wo bist du denn?" rief das Kind. – „Was ist denn, Ina, hast du die Katze noch immer nicht gefunden?" ertönte eine Stimme vom Kellereingang her. „Nein, Mutti, ich suche sie jetzt schon seit ich aus der Schule gekommen bin, aber ich habe sie nicht gesehen. Die Mutter zog die Augenbrauen hoch: „Vielleicht ist sie in eine Scheune oder in einen Keller gekrochen, um neues Terrain zu erkunden. Sie ist doch schon immer so sehr neugierig gewesen. Warum fragst du den Nachbarn nicht mal, ob er in seinem Keller nachschaut? – Ach, übrigens hat der Nachbar vorhin gesagt, er hätte gestern wohl eine

Katze an der Straße liegen sehen – er hätte aber dann vergessen, es uns mitzuteilen.

„Ja, ich gehe schnell noch mal vor an die Straße und dann zum Nachbarn," antwortete Ina und lief schon los.

„Es ist bald dunkel – bleib nicht so lange", rief die Mutter hinter ihr her.

Ina hatte die Zufahrt zum Haus hinter sich gelassen und erreichte die Straße. Es war kaum noch Verkehr. Das fahle Licht der Straßenlaternen fiel auf die von der Schneeräummaschine zusammengeschobenen schmutziggelben Schneehaufen, die sich seitlich der Fahrbahn türmten. Ina wollte gerade die Straße überqueren, da stockte ihr der Atem: aus einem der Schneeberge schaute etwas heraus, das ganz wie ein Fell aussah. Sie lief darauf zu und sah im nächsten Moment ihre Katze vor sich. Sie lag mit eingezogenem Kopf und von sich gestreckten Beinen vor ihr. Es war keine Verletzung zu erkennen. Ina hob die Katze auf und dabei merkte sie, dass das Tier ganz kalt war und ohne Leben. Ina's Magen krampfte sich, die Beine wurden ganz weich wie Gummi und die Zunge dick. Sie wollte schreien, konnte aber nur schluchzen. Die Gedanken überschlugen sich: ‚Warum muss meine Katze sterben, warum meine Kessy?'
‚Warum nur' dachte sie immerzu und etwas

später: ‚Meine arme kleine Katze! Sie ist sicher gestern gegen ein Auto gelaufen und an den Straßenrand geschleudert worden. Dann hat sie wohl die ganze letzte Nacht und den heutigen Tag hier gelegen und ist erfroren. - Wenn ich sie doch früher gefunden hätte! Warum hat der Nachbar nur nichts gesagt!‘

Trotz aller Übelkeit und ihrer großen Trauer schritt das Mädchen, ihre geliebte Katze im Arm haltend, aufrecht und wie in feierlicher Prozession auf das Wohnhaus zu. Die Tränen rollten ihr über die Wangen und sie stolperte. Sie fiel auf die Knie – es tat weh. Ihre schöne neue Thermohose war voller Schlamm, doch es war ihr jetzt egal. Tapfer stand sie wieder auf, krampfhaft die tote Katze festhaltend.

„Meine liebe Kessy," flüsterte sie vor sich hin, „habe keine Angst, du bleibst immer meine Freundin – und du kommst auch in den Katzenhimmel!"

Ina holte einen Spaten aus der Garage und ging mit der toten Katze in den Garten. „Unter dem alten Nussbaum werde ich dich begraben, meine liebe Kessy," sagte sie „das ist ein schöner Platz". Das Mädchen schaufelte den Schnee beiseite, hob mühsam in dem leicht angefrorenen Boden eine kleine Grube aus und legte die Katze behutsam hinein. Sie streichelte das Tier noch ein letztes mal und dabei fielen ihr so viele schöne Erlebnisse mit ihrer Katze ein – es war, als ob die Erinnerung alle Ereignisse auf einmal auf einen großen Haufen ausschüttete.

Als Ina das kleine Grab zuschaufelte, konnte sie vor Tränen und Schluchzen kaum arbeiten. Als sie fertig war, sprach sie noch ein kleines Gebet für ihre Katze. Dann sagte sie laut und mit etwas Trotz in der Stimme: „Und morgen, liebe Kessy, setze ich dir noch einen kleinen Stein mit deinem Namen auf dein Grab – du warst schließlich meine Freundin."

Die Mutter, die die Vorgänge von weitem beobachtet hatte, kam hinzu und nahm ihr Mädchen in den Arm. „Warum nur, Mutti?" fragte Ina schluchzend, während sie sich an ihre Mutter schmiegte.

„Mein Kind," sagte nach einer Weile die Mutter, „leider müssen immer wieder Freunde von uns gehen und darüber dürfen wir auch traurig sein. Aber wir haben sie lieb gehabt und sie uns und das wird sich nicht ändern, auch wenn sie nicht mehr unter uns sind. Die Liebe auf der Welt – in uns selbst – wurde durch unser Lieben vermehrt! Und glaube mir, diese Liebe stirbt nicht – wir werden sie einmal, in welcher Form auch

immer – wiederfinden und uns daran freuen
dürfen." Die Kleine sah ihre Mutter an und
es war ihr nicht mehr so schwer ums Herz.
‚Wie schön,' dachte sie bei sich, ‚dass ich
doch eine so liebe und kluge Mutter habe!'

Warum muss ausgerechnet mir das passieren?

Noch war kein Laut auf dem großen Schulhof zu hören. Nur ein paar welke Blätter, die auf dem asphaltierten Boden lagen, ließen ein Rascheln vernehmen, als sie vom Herbstwind umhergetrieben wurden. Sie tanzten im einen Augenblick im Kreise umher und blieben dann wieder im nächsten Moment unbeweglich liegen. Es ging eine ganze Weile so, bis plötzlich ein schrilles Klingeln der Schulglocke das Rascheln der Blätter übertönte. Es vergingen wenige Sekunden, dann quollen aus den beiden großen Flügeltüren des Schulgebäudes so viele lärmende Kinder, dass auch die Schulglocke nur noch als ein untergeordnetes Geräusch wahrzunehmen war. Und noch immer strömten Kinder heraus – der Schulhof füllte sich und man konnte den Asphaltboden nicht mehr erkennen. Nach dem nun noch aus der Schultür heraustretenden Lehrer, der offenbar die Pausenaufsicht hatte, kam noch ein Schüler, der sich mit zwei Gehstützen fortbewegte. Er hatte Mühe, die drei Stufen zum Pausenhof zu überwinden. „Geht es, Michael?" fragte der daneben stehende Lehrer. „Ja, geht schon", murmelte der Schüler. Er lief nicht weit auf den Schulhof, sondern setzte sich auf die Holzeinfassung eines leeren Blumenkübels, stellte seine Gehstützen ab und begann sein Frühstücksbrot auszupacken.

Er kippelte plötzlich durch eine unachtsame Bewegung, es gab einen dumpfen Schlag und Michael war mitsamt dem leeren Blumenkübel umgefallen. Der Junge ließ einen Laut des Erschreckens hören und kam mit dem Rücken auf den Boden zu liegen, während die Beine hoch über den Blumenkübel ragten. Der aufsichtshabende Lehrer war mit andern Dingen beschäftigt – er bemerkte den hilflos auf der Erde liegenden Schüler nicht. Doch der gerade mit einer Schubkarre um die Gebäudeecke gekommene Hausmeister Erkenbruch sah den Jungen liegen und beeilte sich, seine Karre stehen lassend, ihm zu Hilfe zu kommen. Der alte Hausmeister hatte den Schüler schon mehrmals beobachtet und wusste, dass es ihm schwer fiel, sich allein fortzubewegen. Bei ihm angekommen, packte er den Jungen unter den Armen und zog ihn hoch.

„Was machst du für einen Unsinn, dich auf so wackelige Kübel zu setzen? Ein paar Meter weiter sind doch Bänke!" brabbelte der Hausmeister etwas mürrisch. „Ein paar

Meter sind für mich ziemlich viel – und außerdem sitzen da auch meist andere, ältere Schüler, die mich da nicht haben wollen“ sagte der Junge.

„Hast du dir wehgetan? – Komm, ich helfe dir auf die Bank“, sagte der Hausmeister und fügte dann hinzu: „Wie heißt du eigentlich?“ – „Michael Rilker heiße ich. Es ist nicht schlimm, ich habe mich mehr erschreckt und ich hatte Angst, dass mein Bein noch mal bricht“ antwortete der Schüler „...und vielen Dank, dass sie mir geholfen haben, Herr Erkenbruch“. „War doch ganz selbstverständlich. Was hast du denn an deinem Bein?“ fragte nun der Hausmeister. Der Junge holte tief Luft: „Ich habe vor etwa einem Jahr einen Unfall gehabt – ich bin mit dem Fahrrad gestürzt und dabei recht unglücklich mit dem rechten Bein an einer Mauer gelandet. Es gab einen Splitterbruch, der nur sehr schlecht wieder heilen will.“ Und traurig fügte er hinzu: „Durch die eingetretenen Komplikationen ist es nun so, dass man gar nicht weiß, ob ich das Bein wieder richtig gebrauchen kann. Ich meine, ob ich wieder rennen, Rad fahren und Fußball spielen kann.“ „Das tut mir aber leid“, meinte Herr Erkenbruch, „aber ich denke, du solltest dir darum nicht zu große Sorgen machen!“ „Wie? – Ich verstehe Sie nicht – es ist doch so unendlich wichtig für mich, dass ich wieder ganz gesund werde. Wenn das rechte Bein nicht mehr richtig weiterwächst, dann wird es immer kürzer bleiben! Und überhaupt, warum musste ausgerechnet mir das passieren?“

„Weißt du, mein Junge, ich kann dich sehr gut verstehen. Ich musste früher im Krieg als Soldat kämpfen, als ich auch noch ganz jung war und erlitt dabei schwere Verwundungen. Ich wusste nicht, ob ich den nächsten Tag noch erleben würde. Es war zumindest sehr fraglich, ob ich jemals wieder ohne Hilfe die notwendigen täglichen Verrichtungen würde tun können. Ein solches Schicksal mussten damals viele junge Männer erleiden. Und doch fragte auch ich mich, warum traf es gerade mich?“

„Aber das ist ja schon sooo lange her“, sagte Michael Der Hausmeister lächelte: „Du wirst noch merken, wenn du älter bist, dass die Zeit gar nicht so weit weg ist, und im übrigen ist das völlig belanglos. Die Empfindungen der Menschen sind zu allen Zeiten gleich. – Aber was ich sagen wollte, ist folgendes: Wir können uns unseren Platz in der Welt im allgemeinen nicht selbst aussuchen. Wir müssen aber an dem Ort, wo wir hingestellt sind, das Beste daraus machen. Wir können auch nicht sagen, ob das eine oder andere Glück oder Unglück, das uns trifft, wirklich Glück oder Unglück ist. Soweit können wir die Zukunft nicht überblicken. Daher sollten wir uns nicht zu viel Sorgen machen um Dinge, die wir nicht beeinflussen können – es nützt uns doch sowieso nichts. In der Heiligen Schrift steht darüber: ‚Sich zuviel sorgen, macht alt vor der Zeit!‘ Und ein altes Sprichwort aus Asien sagt: ‚Kein Schaden ohne Nutzen und kein Nutzen ohne Schaden!‘ Wir sollten positiv denken, denn so mancher hat durch einen erlittenen Schaden viel Positives erleben dürfen!“

Der Junge sah den alten Mann zweifelnd an. Der Hausmeister lächelte: „Ich sehe es an deinen Augen, dass ich dir das erklären muss. – Vor einiger Zeit hörte ich eine bemerkenswerte Geschichte aus dem alten China:

Es war einmal ein Bauer, der war sehr arm. Er hatte nur ein altes Pferd, mit dem er gegen Bezahlung Lasten für andere Leute beförderte. Eines Tages war das Pferd weggelaufen und da es nicht wieder auftauchte, vermutete man, dass es Raubtieren zum Opfer gefallen sei . Die Nachbarn aus dem Dorf kamen gelaufen und beklagten lautstark den Mann: ‚So ein Unglück, so ein Unglück!‘ – ‚Glück oder Unglück – es wird sich erweisen' sagte der Bauer nur. Doch einige Tage später kam das Pferd wieder zurück und brachte eine ganze Herde Wildpferde mit. ‚Welch ein Glück', riefen die Nachbarn „jetzt bist du ja reich!' ‚Ist's Glück oder Unglück – es wird sich erweisen', sagte der Bauer wieder. Später geschah es, dass der einzige Sohn des Bauern – noch ein kleiner Junge – auf einem der Wildpferde ritt, herunterstürzte und sich so verletzte, dass er nie mehr richtig gehen konnte. Die Nachbarn kamen wieder und jammerten: ‚Was für ein Unglück...!' ‚Nun' sagte der Bauer ‚auch hier wird es sich noch erweisen, ob es Glück ist oder Unglück.' Es dauerte noch ein paar Jahre, da brach ein Krieg aus, und alle jungen Männer des Dorfes wurden zum Militär eingezogen – es kam keiner zurück. Nur der Sohn des Bauern brauchte nicht zu den Soldaten, weil er wegen seiner Verletzung nicht kriegstauglich war ... .“

„Hm, hm“, sagte Michael – in seinem Kopf flogen die Gedanken hin und her und versuchten, das Gehörte richtig zu erfassen.

Mit einem Seitenblick auf den Jungen fügte der Hausmeister noch hinzu: „ Ja und wenn ich damals nicht ins Lazarett gekommen wäre mit meiner Verwundung, dann hätte ich in eine harte Kriegsgefangenschaft gehen müssen, die – wie du sicher weißt – nur

wenige überlebt haben und .... ich hätte
auch nicht meine liebe Frau kennen gelernt,
mit der ich noch heute glücklich bin ... .“
Da klingelte die Schulglocke zum Ende der
Pause – die Welt ging weiter.

**Der Traum
oder: Warum sind geschiedene Frauen
wichtiger als Kinder?**

Es war noch fast dunkel im Kinderzimmer - nur einzelne fahle Lichtpunkte drangen durch den heruntergezogenen Rollladen – als sich leise die Tür öffnete und der Vater das Gesicht hindurch steckte. Behutsam und ohne Lärm zu machen trat er ins Zimmer und stellte sich vor das Bett seines Sohnes. Zärtlich betrachtete er den noch schlafenden Jungen. Ja, dieser Anblick seines Kindes war ihm jeden Morgen eine Freude und ein Kraftquell, bevor er sich auf den Weg zur Arbeit machte. Er konnte es gar nicht verstehen, wie manche Menschen den Gedanken, ein eigenes Kind zu haben, so weit von sich wiesen. „Wie kann man denn heutzutage Kinder in die Welt setzen!" oder „ Ich brauche meine Zeit für mich!" hatte er schon häufig im Brustton tiefster Überzeugung gehört. Es war ihm dann immer traurig zumute geworden, wusste er doch, dass man Kinder durch nichts ersetzen kann. Auch wenn Kinder sich nicht immer so entwickeln, wie man es gern möchte oder wenn man die vielen Beschwernisse, die

Sorgen, die Mühen und schließlich auch die Kosten bedenkt. Ein Kind ist jeweils ein Stück von Vater und Mutter, ein Unikat, das insbesondere durch die Mühen der Eltern ein wertvoller Mensch werden kann. Ein Mensch – der Mittelpunkt der Schöpfung und der einzige Teil davon, der selbst an seiner eigenen Vervollkommnung arbeiten kann. – Ein kluger Mann sagte einmal den Ausspruch: „Elternschaft ist die bedeutendste Autoren Autorenschaft. Eltern schreiben in die Seele des Kindes...".

Der Vater wurde jäh aus seinen Gedanken gerissen, weil ein lautes Quietschen ertönte. Versehentlich war er auf eine im Zimmer liegende Badeente getreten – das Überbleibsel der gestrigen Badeaktion. Obwohl der kleine Timo schon fast fünf Jahre alt war, musste die Badeente noch immer mit in die Badewanne – wahrscheinlich zum Trost, damit er beim unangenehmen Haarewaschen nicht so allein war.

Timo hatte das Geräusch auch gehört und war wach geworden: „Papaaa ?" fragte er ins Halbdunkel. „Ja, ja, ich bin da", antwortete der Vater „Schlaf ruhig noch ein bischen weiter – es besteht für dich noch kein Grund zum Aufstehen. Du kannst nachher in Ruhe mit Mama frühstücken". „Papaa, du, Papa, ich habe was ganz Schönes geträumt

... weißt du ... ich war ein König und war gaaanz reich und du und Mama, ihr brauchtet gar nicht zu arbeiten. Ihr hattet den ganzen Tag Zeit für mich und konntet mit mir spielen. Weißt du, Papa, wir haben auch die Ritterburg zusammengebaut, was wir doch schon so lange machen wollten und wo du immer keine Zeit hattest ... und mit Mama sind wir über eine bunte Wiese gelaufen und haben ganz schöne Steine gesammelt, weiß du, mit glitzernden Kristallen ... . Das war schön!...“.

Der Vater schluckte. Die Gedanken fluteten durch seinen Kopf: ‚Ja, es war wohl so, dass die Eltern arbeiten mussten, damit die finanzielle Sicherheit gegeben war. Aber das war nur die halbe Wahrheit. Das Schlimmere war das Ertragen eines Unrechts, von dem die wenigsten wissen, dass es so etwas geben kann in unserem Land, das sich ja als Rechtsstaat bezeichnet. Der Staat nahm ihm einen Teil seines Verdienstes, den er doch für seine Familie brauchte – und die ja nach dem Grundgesetz eigentlich geschützt sein sollte – weg und gab es seiner ersten Ehefrau, damit diese ein gutes Leben wie vor der von ihr verursachten Scheidung führen konnte. Und das, obwohl sie keine Kinder zu versorgen hatte wie er. Es hatte gereicht, dass sie behauptet hatte, die Ehe sei zerrüttet und er trage die Schuld an der Scheidung. – Unmöglich, das Gegenteil zu beweisen. Doch die Beweislast liegt im Familienrecht eigenartigerweise bei dem, der auf Zahlung verklagt wird ... also – keine Chance.

Ja, selbst wenn er wollte und einen Teil seiner Zeit mit seinem Kind verbringen wollte, wie es jetzt ein Gesetz ja ermöglichte, wurde ihm dies auf der anderen Seite unmöglich gemacht, da man ihm dann weiterhin den vollen Unterhaltsbetrag für die Frau abverlangen würde. Die Belange des Kindes spielten also gegenüber der geschiedenen Frau keine Rolle.' Der Vater stöhnte leise bei seinen Gedanken. Es kam ihm vor, als wäre ihm eine eiserne Sklavenkette um die Brust geschmiedet, die ihm am freien Atmen hinderte. Obwohl diese Frau gar nicht mehr mit ihm leben wollte, hatte sie immer noch gesetzlichen Anspruch auf sein Geld. Und wie ihm vom Familiengericht klargemacht wurde, ist eben nicht die neue Familie wichtig, sondern die alte Ehefrau.

‚Wie kann man so etwas verstehen und mit welchem Gerechtigkeitsgefühl ist das zu vereinbaren? Gibt es nicht ein Menschenrecht auf Selbstbestimmung?' dachte der Vater. ‚Aber sicherlich wieder nur für die geschiedene Erstfrau! Sie hatte zwar alle

Freiheiten - aber er n i c h t, denn ihm blieb die dauernde Unterhaltslast bis zum Lebensende! Wie sollte er das seinem Kind erklären? Auch die Tatsache, dass ja die Mutter Timos es einfach hinnehmen musste, dass er als Vater ständig an die Erstfrau zu zahlen hatte, war eine schwere Belastung für die neue Familie. Aber offenbar sind nur „alte" Familien im Grundgesetz geschützt – jedenfalls legt der Gesetzgeber neuen Zweitfamilien beträchtliche Steine in den Weg. Ob der das etwa gar nicht bemerkte? Vor lauter neuen Gesetzen ist sicherlich die Überarbeitung der bisherigen vergessen worden. Man urteilt nach weit über ein-Viertel-Jahrhundert alten Gesetzen, als wäre das zeitgemäß. Inzwischen ist es so, dass fast die Hälfte der neugeschlossenen Ehen wieder geschieden wird. Bereits im Jahr 2000 waren – so hatte es in der Zeitung gestanden – 148.000 Kinder von der Scheidungsrate betroffen, mit erwarteter Steigerungsrate von 10 Prozent. Wenn man das hochrechnet, ergibt das über 2,5 Millionen Kinder in den folgenden 10 Jahren! – Das sind aber nur die bei der Scheidung bereits lebenden Kinder. Die nach der Scheidung geborenen, noch benachteiligteren Kinder sind in keiner Statistik erfasst! – Diese müssen zusehen, wie der Vater sich um den

Unterhalt einer fremden, feindseligen Frau kümmern muss, während für ihre Bedürfnisse, ja selbst für ihre Ausbildung kaum Spielraum bleibt. Warum sieht das keiner? – Nun, sprichwörtlich ist es ja schon, dass Juristen nicht rechnen können. Wie will man aber dann Gerechtigkeit schaffen?' Die Gedanken des Vaters überschlugen sich: ,Oder will man das gar nicht mehr? Ist das nicht auch ein Grund, warum viele Menschen politikverdrossen sind? Vielleicht sogar als letztes Mittel nur die völlige eigene Verweigerung gegenüber der Gesellschaft sehen? Gehen so nicht alle Werte und aller Zusammenhalt, alles „Funktionieren" der Gesellschaft „den Bach runter"? – Sieht denn keiner, dass es gerade den Frauen, die sich heute selbstverwirklichen wollen – und das ist schließlich „in" – so leicht gemacht wird, aus aller Verantwortung auszusteigen zu Lasten der Väter und der Kinder?! – Na ja, wer will denn auch heute noch Verantwortung übernehmen – heute will man nur noch „Kohle, viel Kohle" und „fun", also Spaß – keine Probleme! Klar, dass man dann den goldenen Weg der Vollversorgung – noch dazu von Rechts wegen – benutzt, denn wer hat schon noch ein Gewissen – das wurde doch von der Politik längst weggezüchtet ...'. „Papa, Papaaa," rief gerade Timo und schreckte den Vater aus seinen Gedanken. „Weißt du, manchmal denke ich, du hörst mir gar nicht zu. Und das finde ich traurig!" „Hm, was hast du gesagt?" fragte der Vater. – „Ich habe dir gerade von meinem Traum weiter erzählt. Stell dir vor, da war eine ganz große helle Sonne, die hatte ein lachendes Gesicht und die hat zu mir gesagt: ‚ Du brauchst keine Angst zu haben, ich habe dich ganz doll lieb!‘ – Und mir wurde dann ganz sehr warm". „Ein schöner Traum", sagte der Vater, „wir wollen auch, dass du keine Angst hast, denn Mama und Papa haben dich auch sehr lieb. Freue dich auf den schönen Tag, den du heute wieder mit deiner lieben Mama verbringen kannst – sie hat sich für dich heute extra freigenommen! – Ich muss jetzt aber zur Arbeit! – Sei schön lieb, mein Junge!" – Der Vater streichelte seinem Sohn leicht über den Kopf und ver-ließ das Zimmer. Im Gehen suchte er in sei-ner Geldbörse nach Geld für den Bus. Da-bei kam ihm ein 2-Euro-Stück in die Hand und es fiel ihm die auf dem Rand der Mün-ze geprägte umlaufende Inschrift auf: Er las: „EINIGKEIT UND RECHT UND FREIHEIT".

‚Ach,‘ dachte der Vater bei sich, ‚Recht und Freiheit – wenn doch unsere Kinder von der gesellschaftlichen Wirklichkeit nicht so brutal aus ihren Träumen geweckt würden. Dann könnten sie auch als Erwachsene noch an Recht und Freiheit glauben. Ob sich nicht vielleicht doch mal etwas an dem „vergessenen Recht" ändert? Aber warum sollte das geschehen ... oder vielleicht doch?'

Warum kann ich das nicht erreichen?

In der niedrigen, aber geräumigen Küche des alten Fachwerkhauses in einer Seitenstraße des kleinen Ortes im Westerwald stand die Hausfrau, Gerlinde Obermayer, gerade vor einem großen Berg frisch gewaschener Wäsche und bügelte. Sie stöhnte immer wieder einmal, weil das Stehen am Bügelbrett ihr immer schwerer fiel - die Wirbelsäule schmerzte. Plötzlich flog krachend die Tür auf und ein Mädchen von etwa 14 Jahren stürzte herein:
„Mami, ich habe gerade mit meiner Schulkameradin Elke gesprochen, stell dir vor, sie wird im nächsten Monat ein eigenes Konzert geben! Sie hat bereits seit ihrem dritten Lebensjahr einen speziellen Unterricht erhalten, um eine gute Pianistin zu werden.“
„Zuerst sagt man mal ‚guten Tag', wenn man zur Tür hereinkommt, mein Kind. Und jetzt, Alina, mach die Tür wieder zu! - Im übrigen finde ich das ganz toll“, sagte die Mutter „aber das erfordert auch eine ganze Menge zusätzlichen Lernens neben der Schule! Natürlich hättest du auch ein Instrument lernen können, aber du hast ja immer nichts davon wissen wollen!“

„Dafür wollte ich aber gerne zur Volleyballmannschaft gehen und du hast es mir nicht erlaubt", antwortete Alina. Ja", sagte die Mutter „aber du warst auch vorher auf deinen dringenden Wunsch hin in der Judogruppe, da hast du dir nach dem ersten Mal Hinfallen wehgetan und bist einfach nicht mehr hingegangen. - Dann warst du beim Tennis angemeldet und hast uns wochenlang drangsaliert, wir sollten dir eine komplette Ausrüstung kaufen.   Papa und ich wollten aber, dass du erst mal ‚reinschnupperst'. Auch da hatten wir wohl richtig vermutet, dass du nicht lange spielen würdest. Nach dem ‚Tennisarm' war die Sache für dich erledigt. Ja und dann kam der Reiterfimmel. Es hätten sicher gleich ein oder zwei Pferde mehr sein können..... Wir waren kaum in der Lage, gegen deine Begeisterung irgendetwas geltend zu machen. Weder die Anschaffungskosten noch die laufende Unterhaltung eines Pferdes oder der erforderliche Zeiteinsatz für die Pflege waren ein Argument, was von dir anerkannt wurde. Erst nachdem wohl ein von dir angehimmelter Mitschüler äußerte, du würdest nach Pferdemist riechen, war deine Begeisterung für Pferde deutlich gedämpft."
„Mami, warum musst du mir das immer wieder vorhalten", schmollte Alina „ich musste

eben meine Erfahrungen sammeln. Außerdem kann ich doch nichts dafür, wenn mir dieser Sport nicht liegt. Warum habe ich nicht solche Fähigkeiten, wie zum Beispiel die jetzt so umjubelte Biathlon- Sportlerin ?"
„Ich glaube, du verwechselst etwas. Es gibt einmal angeborene Fähigkeiten aber zum anderen muss man diese auch zielstrebig ausbauen, trainieren, üben und nochmals üben. Und dies ist das Problem bei dir, mein Kind. Wir haben noch nicht herausgefunden, wo deine Stärken liegen – aber selbst wenn sich dies herausstellen sollte, so ist noch immer die Schwierigkeit vorhanden, dass du offenbar keine Ausdauer hast, etwas zu erreichen, was du dir vorgenommen hast. Das sehe ich als das eigentliche Hauptproblem bei dir. Dein Papa und ich, wir kennen einen jungen Mann, der von Jugend an völlig unmusikalisch war. Sobald er anfing zu singen, hielten sich die Leute die Ohren zu – so schräg und falsch waren die Töne! Doch sein Vater verlangte von ihm, er sollte singen und ein Instrument spielen lernen. Du wirst es nicht für möglich halten, aber der Wille des Jungen, seinen Vater nicht zu enttäuschen, brachte es zustande, dass er das Ziel erreichte, er ist schließlich ein sehr guter Tenor – Sänger in unserem Kirchenchor und sogar Orgelspieler geworden."

„Das kann ich mir gar nicht vorstellen“ sagte
Alina. „Da muss er ja unheimlich viel geübt
haben und das, obwohl es ihm sicher gar
keinen Spaß gemacht hat“.
„Ich will dir das Geheimnis verraten“, sagte
die Mutter „der Junge hatte frühzeitig seine
Mutter verloren – nun hatte er nur noch den
Vater und den liebte er über alles. Und auch
dieser Vater liebte seinen Sohn aus ganzem
Herzen. Aus diesem innigen Liebesverhält-
nis konnte der Junge alles erreichen, weil
sein Wille entschlossen dahinter stand.“
Das Mädchen überlegte: „Wenn ich also
auch so geliebt würde...“
„Nein, wenn **du** so lieben würdest, dann
könntest du alles erreichen“, sagte die Mutter.
„Ja“, sagte plötzlich die raue Stimme des
Vaters, der unbemerkt ins Zimmer getreten
war und offensichtlich die letzten Sätze mit-
gehört hatte „so wie **du** trotz der zusätzlichen Belastung mit Familie und Haushalt
deine Berufsausbildung mit bestem Erfolg
abgeschlossen hast!“ und er küsste seine
Frau auf den Mund. Mutter errötete leicht,
dann lächelte sie und der Vater lächelte zurück.
Alina hatte dies schon oft gesehen – aber
sich nicht viel dabei gedacht – schließlich
knutschen die im Fernsehen ja auch immer-

zu – heute sah sie diese Liebesbezeigung
der Eltern zum ersten mal mit anderen Augen ... .

Warum funktioniert die Gesellschaft nicht mehr – oder: Sind Politiker überholt?

Es war noch nicht ganz dunkel in der großen Stadt Berlin, als drei ältere Herren in freudiger Erwartung eines geselligen Abends die schwere, mit vielen Schnitzereien versehene Eichentür zum Wirtshaus „Alte Linde" durchschritten. Sie waren früher einmal in einer Schulklasse gewesen, hatten sich dann lange Zeit – auch begründet durch die Teilung der Stadt - aus den Augen verloren und waren nun, im reiferen Alter, bestrebt, ihre Freundschaft zu erhalten. Die Herren waren zwar alle bereits kurz vor dem Ruhestand, aber sie konnten sich noch gar nicht vorstellen, wie dies sein würde. Gegenwärtig standen sie noch ihren Mann in den verschiedenen Berufen und waren froh, wenn es ihnen gelang, sich einmal monatlich miteinander zum Bierchentrinken und zum Austauschen von Meinungen zu treffen. Heute waren sie spät dran. Paul Anderscheid, der Kfz-Meister war, musste noch nach Feierabend ein Unfallauto von der Landstraße holen und so war es bereits fast 18 Uhr geworden. Der zweite der Runde war Edwin Schumacher. Er war als Bautechniker in der Stadtbezirksverwaltung tätig und bekam von den andern immer wieder – wenn auch nur zum Spaß - vorgehalten, er sei ja nur mit ,Bleistiftfesthalten' beschäftigt. Der Name des dritten schließlich lautete Gerd Grobian, doch er war nicht so, wie er hieß. Er hatte Maschinenbauingenieur studiert und war nun als Ausbilder in einem Industriebetrieb tätig. Die drei traten in die Gaststube, wo sie als alte Bekannte vom Lindenwirt freundlich begrüßt wurden.

„Was ist mit euch los – wieso kommt ihr jetzt erst? Ich hoffe, ihr rennt nicht gleich in einer Stunde wieder fort?“

„Nur keine Angst“ dröhnte Paul mit seiner kräftigen Stimme „wir lassen dir schon ein paar Euro hier! Hoffentlich ist schon eingeschenkt?“

„Geht sofort los - setzt euch erst mal hin!“ versprach der Lindenwirt und eilte an den Zapfhahn. Das Lokal machte einen hellen, gepflegten Eindruck – es war keine Kneipe, wo sich die Leute nur vollaufen lassen, sondern ein ansprechendes Speiselokal mit besserem Niveau.

Es herrschte nicht viel Betrieb in der Gastwirtschaft. Die drei Herren setzen sich an den Ecktisch, der etwas versteckt in einer Nische lag. „Na, Paul, hast du wieder einen Unfallwagen von der Straße gekratzt?“ frag-

te Edwin und verteilte schon mal die Bierde-
ckel.

„Ja", antwortete dieser „es war ziemlich
schlimm diesmal. Der Wagen musste auf-
geschnitten werden, um Insassen heraus-
zuholen, weil die Türen verklemmt waren –
das hatte aber schon die Feuerwehr erledigt. Ich musste nur den ganzen Schrott
wegräumen. Das Fahrzeug ist in einer Kurve
von der Fahrbahn abgekommen. Die Leute
fahren ja immer unvernünftiger - aber wo ist
schon noch mit Vernunft zu rechnen?! – Das
ist heutzutage ja ein Fremdwort geworden."
„Ach", meinte Gerd und verzog das Gesicht
„es ist ein Trauerspiel, man könnte trübsin-
nig werden, wenn man darüber nachdenkt."
„Ja, aber lasst uns erst mal anstoßen" meinte Edwin, als der Wirt das Tablett mit drei
vollen Gläsern brachte.
„Sehr zum Wohl!"
„Hast du einen bestimmten Grund für deine
Äußerung, Gerd?" fragte Edwin.
„Nun", erklärte Gerd Grobian „ich habe heute wieder in der Zeitung gelesen, wie wenig
Ausbildungsstellen zur Verfügung stehen für
dieses Jahr. Ich weiß nicht, was die Jugend
in Zukunft machen soll – es bleibt den meisten nur die Qualifikation zum Frührentner!
Und das ist gar nicht mal so witzig. Auf unsere Ausbildungsstellen gab es einen sol-

chen Andrang wie seit Jahren nicht. Dabei brauchen wir gute Facharbeiter und noch nötiger die sich weiter qualifizierenden Techniker. Inzwischen gehen immer mehr junge Leute ins Ausland – glaubt ihr, dass die je wiederkommen?" „Aber auch unsere Schulen bereiten die Jugendlichen nicht ausreichend auf die Berufsausbildung vor. Dort geht es eben nicht mehr, dass ich Mathematik und Deutsch ‚abwähle', weil sie mir zu mühsam sind oder dass ich erst dann in die Berufsschule komme, wenn ich Lust dazu habe" meinte Paul.

Edwin machte ein besorgtes Gesicht und ergänzte: „Daran sind nicht zuletzt unsere Lehrer schuld, die lieber einen Workshop für Flamenco – Tanzen und Skifreizeit in Südtirol durchführen, als die wenige Zeit zu nutzen, um den Schülern wirklich Notwendiges beizubringen. Ständig wird geklagt, dass Unterricht ausfällt, aber keiner organisiert die Zeit so, dass die Schüler sich auf das Wichtige konzentrieren können. Wann sollen sie das sonst lernen? Ist es nicht beschämend für Westdeutschland, wenn es von der ehemaligen DDR vorgeführt bekam, dass das Abitur in 12 Jahren zu schaffen ist und man bekommt das noch immer nicht geregelt? Sicherlich war die Schule dort autoritärer geführt – aber was schadet denn

das? Im Gegenteil – die Jugendlichen, die dort das Abitur hatten, konnten diszipliniert arbeiten und hatten eine sehr gute Grundlage, auf der man aufbauen konnte!"
Paul machte eine abwertende Handbewegung: „Nun, wir wissen ja, dass unsere Politiker nichts übernehmen wollten, was aus der DDR kam. Im übrigen denke ich, man sollte weniger den Lehrern die Schuld an der Misere geben, sondern eigentlich den unfähigen Politikern. Ich denke nur an die gute und klare Verkehrsordnung im Osten und den grünen Pfeil!"
„Ja, der grüne Pfeil hat nach Aussagen der Politiker eindeutig die Alt-Bundesbürger überfordert", grinste Gerd.
„Ich denke eher, unsere Politiker sind überfordert", meinte Edwin. „Das was man jeden Tag an Unfug erlebt, lässt einen verantwortungsbewussten Menschen graue Haare bekommen. Eigentlich kann sich unser Land die gegenwärtige aufgeblähte Form der Demokratie, die Tausenden von Hobby-Politikern ein Daseinsrecht verschafft, gar nicht mehr leisten. Warum braucht jedes Dorf und jede Stadt einen gewählten Laienbürgermeister, der doch in den seltensten Fällen die Konsequenzen seines Handels übersehen kann? Es ist auch nicht zeitgemäß – denn die Verwaltungsbestimmungen

sind inzwischen so vielfältig, dass man wirklich eine fundierte Ausbildung braucht, um einigermaßen den Überblick zu behalten. Aber obwohl heute schon bei einer Anstellung als Pförtner nach einer passenden Qualifikation gefragt wird, spielt das beim Chef gar keine Rolle. Das ist doch paradox! Und dann der Interessenzwiespalt als Verwaltungschef auf der einen Seite und als gewählter Politiker auf der anderen Seite! Glaubt ihr vielleicht, dass er nicht stets seine Eigendarstellung zwecks Wiederwahl als höchste Priorität sieht – und eben nicht das kostenbewusste korrekte Verwaltungsgebaren?"

„Dazu kommen die Kosten für die vielen Magistratsmitglieder sowie Stadt- und Gemeindeparlamente", ergänzte Gerd und fuhr fort: „Die wenigsten Bürger kennen eben die Hintergründe, warum unsere unglaublich vielen Steuermilliarden gerade so wie im Sand versickern. Würden sie mal zusammenrechnen, wie viele ahnungslose Laien als entscheidungsbefugte Politiker herumsitzen und nur Kosten produzieren, dann würde das einen Aufschrei des Protestes auslösen! Das schlimme daran ist, dass diese Politiker von sich voll überzeugt sind und es kaum einem von ihnen mal einfallen würde, etwa einen Fachmann um Rat zu fragen.

Einer aus der obersten Regierungsriege hat das kürzlich in einem Fernseh-Interview mal ganz klar geäußert. Er sagte sinngemäß – mit einem entrüsteten Augenaufschlag gegenüber dem fragenden Reporter – er werde doch, wenn er eine Entscheidung zu treffen hätte, nicht erst das entsprechende Fachinstitut des Bundes anrufen und sich von denen beraten lassen – das muss er schon selbst beurteilen – so aus dem Bauch heraus. Und solche Ignoranz gegenüber den Experten praktizieren alle unsere selbstbewussten besserwissenden Politiker von der obersten bis zur untersten Ebene. Und all die unnötigen Ausgaben, die der Bundesrechnungshof jedes Jahr kritisiert, ohne dass etwas passiert, sind doch nur die Spitze des Eisberges."

„ Ja, leider, ich könnte ein Buch davon schreiben", meinte Edwin. „In unserem Bezirk haben die klugen Politiker zum Beispiel auch eine Verwaltungsreform – die ja zur Zeit überall ‚in' ist – beschlossen und auch verwirklicht, ohne vorher auch nur eine einfache Kosten/Nutzen – Rechnung durchführen zu lassen. Jede kleine Privatfirma hätte vor solchen grundlegenden Änderungen ihrer Struktur so etwas veranlasst – aber Politiker haben eben nicht einmal die geringsten Kenntnisse von Ökonomie. Sie stür-

stürzen sich mit dem Schlachtruf: ‚Das hört sich aber gut an!‘ auf den größten Unfug – ob es was taugt, wird sich hinterher schon herausstellen – und produzieren so Berge von unnötigen Kosten. Und wie gesagt, Fachleute fragen können sie auch nicht.“
„Ja“, sagte daraufhin Paul „und es wird zwar immer von Effizienzsteigerung und Verbesserungen für den Bürger gesprochen, aber aussagefähige Zahlenwerke, die das belegen, liegen nicht vor. Es erstaunt mich immer, dass sich die oppositionellen Parteien damit so abspeisen lassen ohne echte Nachweise zu verlangen.“ „Nun, die sind halt auch nicht klüger“ meinte Edwin. „Zum Beispiel hat erst kürzlich ein Stadtrat mir allen Ernstes erklärt, er würde alle Skontorechnungen sofort – also ungeprüft – bezahlen, mehr könnten wir doch gar nicht verdienen. Ich war so sprachlos über diesen Herrn, dass ich versäumte, ihn zu fragen, was er denn machen würde, wenn die spätere Rechnungsprüfung ergibt, dass wir trotz Skonto zuviel bezahlt haben? Von der Unkenntnis der Dienstpflichten der Verwaltungsangestellten, vor der Zahlung die Rechnungen gewissenhaft zu prüfen, ganz zu schweigen.“
„Na, ja, das ist es ja“, meinte Gerd nun „die Anforderungen an die Qualitäten der Ver-

waltung haben sich doch drastisch erhöht – aber nicht die an die Politiker. Die wollen immer noch alles aus dem Bauch heraus entscheiden – wie bei dem genannten Beispiel. Politiker sind eben keine Allroundtalente, sondern oftmals nur Leute, die ihr Fähnchen nach d e m Wind drehen, mit dem sie am besten segeln können."
„Na gut", gab Edwin hinzu „für die Festsetzung der Bundes- und Europapolitik mögen ja Politiker gebraucht werden, aber in den Ländern, den Landkreisen, den Städten und Gemeinden, da ist es sicher gut, wenn ein ehrenamtliches gewähltes Gremium kontrollierend wirkt, aber die Leitung und Ausführung des Verwaltungshandelns sollte doch in die Hand von Fachleuten gegeben werden. Und stellt euch doch nur mal die derzeitige Situation vor: heute sind wir zwar in Europa integriert, aber in Deutschland haben wir noch die Kleinstaaterei! Denn jedes Bundesland hat eigene Gesetzesvollmacht. Zum Beispiel ist das Baurecht ein Landesrecht. Das bedeutet nicht mehr und nicht weniger, als dass sich z.B. Baufirmen, die deutschlandweit tätig sind, mit **16** verschiedenen Bauordnungen – und das sind dicke Bücher – auseinandersetzen müssen. Oder dass es Studenten, die Bauingenieurwesen oder Architektur studieren, unnötig schwer

gemacht wird. Mit der heutigen viefältigen Verwaltungsstruktur Deutschlands haben wir ein Wirrwarr von Vorschriften, mit denen man sich gar nicht mehr auskennen kann! Fehler sind dann die unvermeidbare Folge."

„Nun, natürlich war es naheliegend, dass man, nachdem die Siegermächte des Zweiten Weltkrieges das Dritte Reich als autoritären Zentralstaat zerschlagen hatten, ganz bewusst einen föderalen Bundesstaat geschaffen hat, der keine so große Machtbündelung mehr zuließ. Es war auch eine Vorsichtsmaßnahme der Alliierten, damit Deutschland nicht wieder so stark werden sollte. Heute noch wird auf dieser „Errungenschaft Föderalismus" beharrt, als wäre das für alle Zeiten das non plus ultra. Mag es nach dem Krieg die richtige Struktur gewesen sein – heute schadet es ganz klar der inneren Entwicklung, wirtschaftlich aber auch verwaltungstechnisch. Wir haben Länder wie Bremen und Hamburg mit Staatshoheit und jedes will nur von den anderen haben, aber an sich selbst nichts ändern." „Ja", lachte nun Paul laut auf „seht ihr denn nicht, dass gerade diese Zustände gut sind für die Politiker? Sonst wären sie ja arbeitslos – daher werden sie größere Änderungen nie beschließen – und sie sitzen eben an den Schaltstellen. Ich denke, deshalb steht bei keiner Partei auch nur ansatzweise eine Reform dieser Verwaltungsstrukturen im Partei- oder Wahlprogramm."

„Überhaupt fehlt in den Wahlprogrammen überall das Erkennen von wirklichen Problemen und das Aufzeigen von Lösungen oder zumindest eine Äußerung, die erkennen lässt, dass man Verstand walten lassen will bei der Bewältigung der notwendigen Aufgaben" ereiferte sich jetzt Gerd. „Deshalb gibt es auch die geringen Wahlbeteiligungen und den Selbstbetrug der Gewinner, die meinen, ihr Wahlprogramm hätte die Wähler überzeugt. Die meisten Menschen, die ich kenne, wählen nach ihren eigenen Äußerungen immer nur das vermeintlich ‚kleinere Übel‘. Und das geht jetzt schon seit Jahren – aber auf die Dauer wird einem dabei doch richtig ‚übel‘, oder?"

Edwin zog die Augenbrauen hoch und seufzte: „Früher, als ich noch in der ehemaligen DDR lebte, dachte ich, nur im Sozialismus ist es möglich, dass ein Land durch völlig dilettantische Staatsführung in den Ruin getrieben wird. Heute sehe ich das anders. Aber es wird mir in bleibender Erinnerung bleiben, als damals, als die DDR schon kurz vor dem wirtschaftlichen Kollaps stand, ein einfacher Hofarbeiter zu mir sagte: ‚Also weißt du, entweder sind die da oben völlig blöde oder sie machen bewusst unsere Gesellschaft kaputt'. Ich sage euch, wenn es schon so ein einfacher Mensch in den unteren Gesellschaftsschichten merkt, dass etwas nicht stimmt im Staatsgefüge, dann ist das Übel schon sehr weit gediehen".

„Es sieht so aus, als wären wir auch bald soweit. Ich weiß nicht, wohin diese ganzen unbedachten Entscheidungen der Politiker noch führen sollen. Vor allem, es gibt keine langfristigen Zielstellungen der Regierung, Immer werden nur irgendwelche ‚Schnellschüsse' losgelassen, die gleich anschließend wieder verworfen oder stark modifiziert werden. Es geht zu, wie auf dem Jahrmarkt: der eine Minister propagiert dies der andere das, der eine kriegt eins auf die Backe, weil er es nicht mit dem ‚Chef' abgesprochen hat, der andere fliegt in den Urlaub, wenn er dringend gebraucht wird und so weiter. - Die DDR hatte wenigstens einen langfristigen Plan, was man in den nächsten 5 Jahren erreichen wollte – so dass sich jeder daran orientieren konnte. Im neuen Deutschland gibt es zwar Wahlversprechen, aber was in der Legislaturperiode wirklich angesagt ist, weiß letztlich fast niemand. Konzeptionslosigkeit ist aber ein Übel, dass die Qualität einer Regierung verrät. Ich erinnere nur an den überstürzten Beschluss zur Einführung der ‚Neuwagennichtkauf-Bestrafungssteuer' für Fahrzeugführer, die keinen Katalysator an ihrem Fahrzeug hatten. Weder die Fahrzeugführer noch die Industriebetriebe, die Katalysatoren herstellten, konnten sich rechtzeitig auf dieses neue Gesetz einstellen. Die Nachrüst-Katalysatoren waren noch gar nicht in der Menge auf dem Markt – die Folge: einkommensschwache Bevölkerungsschichten mit alten Autos mussten überteuerte Katalysatoren kaufen - weil in dieser Situation die Preise von der Industrie diktiert wurden - oder ab sofort zu Fuß gehen...".

Weiter kam die Unterhaltung in der Runde nicht – sie wurde jäh unterbrochen, denn In diesem Moment riss jemand von außen die Türe zur Gaststube auf. Zwei offensichtlich von der Arbeit kommende Männer, die eifrig diskutierten, polterten in den Raum. Sie hängten ihre Jacken an die Garderobe und fragten, ob sie noch etwas zu essen bekommen könnten. Der eine trug eine abgewetzte Jeanshose und ein kariertes Arbeitshemd und hatte eine Zeitung unter den Arm geklemmt. Der andere trug einen Strickpullover und eine schwarze Cordhose und schlenkerte eine abgewetzte Aktentasche hin und her, aus der eine Thermosflasche

lugte. Die Gesichter waren noch deutlich verschwitzt von der getanen Arbeit. Sie ließen sich hörbar in die Stuhlsessel fallen und setzten ihre lautstarke Unterhaltung fort, ohne die übrigen Gäste weiter zu beachten.
„Das stinkt doch zum Himmel – was denken die sich denn in der Regierung?" wetterte der Mann im Strickpullover, worauf der andere mit einer Handbewegung abwinkte. Doch sein Gesprächspartner schlug mit seiner schwieligen Hand auf den Tisch und knirschte ganz erbost:: „Entweder sind die da oben völlig verblödet oder sie machen ganz bewusst unser Land kaputt...".

.

Warum sprechen die eine fremde Sprache?

Die Zeiger auf der alten, verschnörkelten Wanduhr in der kleinen Wohnküche von Frau Martha Rillenberger standen gerade auf 6 Uhr und 30 Minuten, als diese – noch im Morgenrock und mit Hauspantoffeln – sich auf den Weg vom 3. Stock die Treppe hinunter in den großen, hässlichen Hausflur des Miethauses machte, um ihre Morgenzeitung aus dem Briefkasten zu holen. Dabei begegnete sie einer jungen Mieterin mit Kopftuch, die sie freundlich grüßte und dann schnell die Treppe hinunter lief.
‚Hmm', dachte Frau Rillenberger, ‚wenn alle Türken so freundlich wären, wie diese junge Familie Ösnan, dann gäbe es sicher weniger Probleme im Zusammenleben mit den Deutschen. - Wenngleich', dachte sie im nächsten Moment ‚bei den Deutschen gibt es ja auch nicht nur freundliche Zeitgenossen...'.
Frau Rillenberger war zwar schon kurz vor dem 75. Lebensjahr, aber sie kannte sich aus – sie las ja Zeitung, und zwar nicht so oberflächlich, wie dies heutzutage die meisten Leute tun, sondern meistens gründlich. Daher kannte sie natürlich auch alle in der

Presse behandelten Probleme und die aktuellen Fragen und sie war stolz, mitreden zu können, wenn ihre Kinder oder Enkelkinder zu Besuch kamen oder auch nur bei einem Gespräch auf der Parkbank mit anderen Spaziergängern. Kontaktscheu war Martha Rillenberger nie gewesen und erlebt hatte sie auch genug, so dass es immer Grund und auch Stoff zum Erzählen gab.   In Vorfreude auf ihre morgendliche Lektüre ergriff sie die Zeitung aus dem Briefkasten, klemmte sie unter den Arm und stapfte ein wenig schnaufend wieder nach oben in ihre Wohnung. Sie goss sich eine Tasse heißen Kaffee ein und setze sich wohlig in die weichen Kissen des Korbsessels, der vor dem Küchentisch stand. Nach einem langen genießerischen Schluck aus der Kaffeetasse warf Frau Rillenberger den ersten Blick auf die Titelseite.

‚Heiße Enthüllungen!' stand da in fetten Lettern gedruckt und erweckte ihre Neugier. Aber im ersten Satz schon standen da plötzlich zwei Worte, mit denen sie nichts anfangen konnte: ‚Top Secret'.

„Hm", sprach sie wie immer, wenn sie alleine war, zu sich selbst „was heißt das denn nun ... ach .... schwierig ... ja ... meine 15-jährige Enkelin Sarah sagt immer Top zu ihrem Oberteil ... das wird es sein! ... Ja und Sec-

ret... das ist glaube ich ein anderes Wort für ... Absonderung. Also ... hat da jemand sein Oberteil abgesondert ... Unfug... also den Büstenhalter weggeworfen ... ja, jetzt wird es schon klarer... also das sind die heißen Enthüllungen! Aber so was interessiert mich nicht und auf die Titelseite gehört das auch nicht – zumal man heute so was in jedem zweiten Fernsehfilm sehen kann!" Enttäuscht blätterte sie die Seite um. Sie trank noch einen Schluck Kaffee. Ein Bild erregte ihre Aufmerksamkeit, auf dem drei Männer abgebildet waren. Die standen piekfein in Schlips und Kragen gekleidet auf einem Feld und hielten jeder einen Spaten so ungeschickt in der Hand, als wollten sie ihn gerade beim Fundbüro abgeben. Darunter stand geschrieben: ‚Herr Leitender Baudirektor Schnappauf, Herr Landrat Hasenbein und Herr Bürgermeister Gotthelf beim Ersten Spatenstich für den neuen Overfly‘ .
‚Verdammte Kiste‘, dachte Frau Rillenberger ‚schon wieder so ein Wort, das ich nicht kenne – dabei war ich im Deutschunterricht immer die Beste in der Klasse‘.

Laut sagte sie zu sich: „Ich hab’s, ich schaue mal im Lexikon nach ... hm, hm ... leider gibt es das Wort im Deutschen nicht – wie ich mir schon dachte! Nun ... es klingt

irgendwie englisch ... wahrscheinlich ist es in Sarahs Englisch-Wörterbuch zu finden, das sie letzte Woche hier vergessen hat. Mal sehen ... na so was ... da gibt es das auch nicht – höchstens das Wort overflow, das heißt Überschuss. – Hmmm, vielleicht haben die sich ja verschrieben, heutzutage sind die Redakteure auch nicht mehr so genau ....also .... dann ..." Frau Rillenberger zog die Augenbrauen hoch „das ist ja ungeheuerlich. Da hat der Bürgermeister wahrscheinlich das erste Mal in seinem Leben einen Überschuss in der Kasse und schon holt er seine Kumpane, um das Geld zu vergraben. Da sieht man es wieder, nicht mal **die**   haben Vertrauen zu den Banken!"
Unzufrieden mit diesen Nachrichten ließ Frau Rillenberger den Blick weiter über die Zeitung schweifen. Heute schmeckte auch der Kaffee ihr irgendwie nicht so recht. Was war das? Eine ganz schrille Reklame sprang ihr förmlich ins Auge: ‚Wir haben die besten FILESHARING-PROGRAMME für Sie!' –
„Was ist das nun wieder", brabbelte Frau Rillenberger vor sich hin „hat das was mit Filets zu tun oder mit Haaren... heute weiß man ja nie ... nach der komischen Rechtschreibreform ... wie die Worte neuerdings geschrieben werden." Frau Rillenberger war, seitdem die klugen Damen und Herren Kul-

tusminister sich auf die Änderung der deutschen Rechtschreibung einigten, ganz wütend auf deren ‚gemeines Handeln‘ , wie sie es bezeichnete. Seit dieser Zeit konnte sie nämlich ihren Enkeln nicht mehr wie früher bei den Hausaufgaben hinsichtlich der Rechtschreibung helfen, denn mit den neuen Regeln kannte sie sich nicht aus: „Die haben uns einfach alle zu Deppen in den Augen der Kinder gemacht, weil wir jetzt nicht mehr ‚richtig‘ schreiben können – obwohl wir das bisher hervorragend konnten! Außerdem haben sie unserer Nation ein ganz wertvolles Kulturgut gestohlen – die einheitliche deutsche Sprache und Schrift – schließlich macht jetzt jeder was er will und zeigt damit den geschätzten Kultusministern den Stinkefinger!“
Frau Rillenberger war ganz erbost, was man heute alles so einfach kaputtmachen darf, ohne dass dem ein Berufener ernsthaft Einhalt gebietet.
„Aber mit der Pisa-Studie haben sie ja die Quittung bekommen – die Erwachsenen können ihren Kindern nicht mehr helfen – das musste sich ja auswirken!“ ‚Schade nur‘, dachte sie ‚wenn die heutigen Kinder mal Bücher von der Zeit vor der Reform lesen, dann können sie teilweise den Inhalt nicht mehr verstehen, weil der Sinn völlig verdreht

wurde'. Frau Rillenberger schmunzelte: „Wie wird es sein, wenn sie zum Beispiel lesen ‚Die alten Römer haben den Wein in Maßen getrunken.' wenn sie doch den Unterschied zwischen ß und ss nicht mehr kennen?" –
Frau Rillenberger kam wieder auf ihre Zeitung zurück: „Na, es werden wohl neue Fernsehprogramme sein, die sie den Leuten aufschwatzen wollen ..." schloss sie das leidige Problem ab. „Brauche ich nicht ... mir tun eh' die Augen weh nach einer halben Stunde Fernsehen."
Frau Rillenberger goss sich Kaffee nach und wechselte auf die nächste Seite. Dicke Buchstaben waren nicht zu überlesen: „Bei uns bekommen Sie günstig Kurse in Walking für ihr Wohlbefinden!" Sie schüttelte den Kopf: „Das hat mir zum Glück erst neulich meine Tochter Ellen erklärt – Walking ist ein englisches Wort für Gehen. Ich frage mich nur, wozu wir solche neuen Worte brauchen, wenn es dafür deutsche Worte gibt, die jeder verstehen kann. – Vielleicht soll es ja gar nicht jeder verstehen? Oder ob es sich dann halt eine uralt bekannte Sache moderner anhört? Oder vielleicht wollen sich die Schreiber nur wichtig machen?"
Auf der nächsten Seite waren Wirtschaftsnachrichten. Man berichtete über eine Firma, die Benchmarking anwendet. Da es

nicht näher erklärt war, schlug Frau Rillenberger im Lexikon nach. Aber weder dort noch im Englisch-Deutsch-Wörterbuch war es zu finden.

„Das ist doch nicht zu glauben – ich denke inzwischen, die Schreiberlinge wissen selber nicht, wovon sie schreiben." Frau Rillenberger seufzte – in letzter Zeit war ihr so was immer häufiger passiert, aber heute trieben es die Schreiber gar zu doll! –
Gerade fiel ihr ein dick gedruckter Satz am Blattunterrand auf: ‚Bitte beachten Sie auch unsern flyer!' –
„So...., was soll ich beachten?" knurrte Frau Rillenberger, langsam erbost. Sie wälzte nochmals das Lexikon – Fehlanzeige. In Langenscheidts Englisch-Deutsch-Wörterbuch gab es zumindest für den Wortstamm ‚fly' mehrere Einträge. Frau Rillenbergers Gesicht erheiterte sich. Sie las: „Erste Bedeutung: Hosenschlitz; Zweitens: fliegen, stürzen, und Drittens: (Fahne) hissen, wehen lassen."
Jetzt lachte sie laut heraus: "Also, Herr Redakteur, wenn ich Ihren Hosenschlitz beachten soll, dann halte ich das für eine ziemlich ungehörige Aufforderung einer anständigen Dame gegenüber! Was die heutzutage alles in die Zeitung bringen, na ja. Heute verwunderte sich keiner mehr, wenn man mit

Nacktmodellen für Hundefutter werben würde."

Und während sie noch lachte, blätterte sie die Seite um.

Sie schüttelte noch den Kopf, während sie las: „Ab sofort mehr Spass mit Chatten ....."

Frau Rillenberger überlegte: „Die Chatten waren nach meiner Kenntnis ein alter germanischer Volksstamm... sicher! Aber warum sollte man mit denen jetzt mehr Spass haben...? Oder war das auch wieder so ein Geheimwort?" Sie kratzte sich am Kopf und legte die Zeitung weg. „Warum sprechen die nur immerzu eine fremde Sprache?" Sie legte die Stirn in noch mehr Falten, als schon da waren und dachte laut nach:

„Hm, tja, ... haben die in der Schule nicht aufgepasst? ... sind die Schreiber alle Ausländer? ... oder haben die etwa ... ich hab's ... jawohl ... sicher gehört das Ganze noch zur Gegenreformation – schließlich hat Luther damals in der Reformation das Latein in den Bibeln durch deutsche Worte ersetzt. Vielleicht gibt es ja heimliche Bestrebungen, mit diesem ‚neuen Latein' zu erreichen, dass wieder ein Teil des Volkes nicht mehr versteht, worum es geht."

Plötzlich schien Frau Rillenberger die Sache völlig klar: „Nur so kann es sein und die Kultusminister stecken mit in der Verschwörung. Denn es macht doch sonst keinen Sinn, die deutsche Sprache und Schrift so zu verbiegen und unverständlich zu machen, wenn man davon ausgehen muss, dass in einigen Jahren – wahrscheinlich als nächster Schritt nach der Einführung einer gemeinsamen Währung in der Europäischen Union – auch eine gemeinsame, sozusagen Verständigungs- und Amtssprache eingeführt wird. Dann wird die deutsche Sprache es dringend nötig haben, in ihrer Ausdrucks- und Begriffsklarheit erhalten zu bleiben. So ein blöder sinnloser Mischmasch mit selbsterfundenen Worten, die in keinem Lexikon oder Wörterbuch stehen, kann nur als ein ganz gemeiner Anschlag auf das Verstehen der deutschen Sprache gewertet werden". Frau Rillenberger holte tief Luft. Sie fühlte es deutlich: so eine klare Erkenntnis hatte sie nur dadurch gehabt, dass sie das Zeitungsgeschreibsel n i c h t lesen konnte! „Aber wenn es besser ist, ohne Zeitung nachzudenken, warum gebe ich dann so viel Geld für das Abonnement der Zeitung aus?" sprach sie ihren nächsten Gedanken laut aus.

„Ich habs", sagte sie vor sich hin, holte eine leere Postkarte aus dem Küchenschrank und schrieb die Anschrift des Zeitungsverlages als Adresse darauf.

„So", sagte sie gedehnt zu sich selbst, während sie Wort für Wort auf die Karte schieb, „nun will ich auch mal ein neues Wort erfinden – also :

> Sehr geehrte Damen und Herren,
> ich teile Ihnen mit, dass Sie Ihre Zeitung ab sofort behalten können, denn ich deflykotzing over (das heißt – falls Sie es nicht wissen sollten: ich kündige!) .
> Mit freundlichem Gruße ...".

Sie unterschrieb den Text und fügte noch das Datum hinzu. Dann trug sie noch ihre Anschrift im vorgedruckten Feld für den Absender ein, schmunzelte grimmig und murmelte leise, aber voller Stolz: „Und jetzt mache ich noch einen kleinen Spaziergang zum Briefkasten...".

Warum ist die Banane krumm?

Tanja, die junge Mutter des kleinen Simon und ihre ältere Schwester Renate, die bereits zwei Kinder im Alter von 8 und 14 Jahren hatte, trafen sich an diesem Nachmittag nach längerer Zeit wieder einmal im elterlichen Hause. Die Mutter der beiden Schwestern lebte noch und freute sich sehr über deren Besuch. Der Vater war vor fünf Jahren bereits durch einen Herzinfarkt verstorben.
Alle drei Frauen unterhielten sich angeregt über ihre Familien und deren Werdegang, während die Kinder sich im ehemaligen Kinderzimmer der Schwestern aufhielten. „Ach" meinte Renate und spitzte dabei die Lippen „ist der Simon aber groß geworden – und was der schon alles redet! Und die unausgesetzten Fragen!" Es war in der Erinnerung von Simons Mutter noch gar nicht lange her, da konnte der Kleine noch nichts sagen außer „Ma-ma, Maa-ma" und trotz aller Anstrengung klappte das Wort ‚Papa' noch nicht. Nun aber wurde er bald 4 Jahre und es begann die Phase der großen Neugier. „Mama, warum hat der Baum da gelbe Blätter und der da grüne? Warum fallen die Blät-

ter runter? Was machen die jetzt auf der Erde? Warum bleiben die da liegen? Müssen wir sie wieder ankleben? Warum...." usw. „Warum ist die Banane krumm?" ist die sprichwörtliche Zusammenfassung für alle scheinbar überflüssigen Fragen. „Wenn die Banane gerade wär', so wär's keine Banane mehr", lautet die entsprechende Antwort.

„Nun ja", sagte Tanja „es ist zwar anstrengend, aber sollte man nicht stets bemüht sein, dem Kind die beste Antwort zuteil werden zu lassen?"

„Oh je", Renate stöhnte „wenn wir auf alle Fragen unserer Kinder geantwortet hätten, dann wäre jetzt mein Mund ganz ausgefranst – und außerdem: den ganzen Unfug, den sie gefragt haben, vergessen die Kinder ja sowieso wieder."

Die Mutter der beiden Schwestern sagte kein Wort zu der Äußerung ihrer Tochter, obwohl ihr offenbar etwas auf der Zunge lag. Tanja dagegen zog ihre geschwungenen Augenbrauen hoch: „Na, das sehe ich aber ganz anders. Stell dir mal vor, wenn du jemand etwas fragen würdest und er würde dir nicht antworten!"

„Na in dem Fall wäre das arrogant, ja unverschämt", meinte Renate, „schließlich bin ich ein erwachsener Mensch". Tanja parierte: „Meinst du nicht, dass gerade Kinder dringend den Sinn der für sie ja unbekannten Umgebung, die Eigenschaften und Zusammenhänge von den vielen Dingen, die sie sehen, den Lebewesen und den vielfältigen Vorgängen erfassen wollen? Ich käme mir schäbig vor, dieses Wissensbedürfnis aus eigener Bequemlichkeit zu ignorieren."

„Nun ja, so habe ich es ja auch nicht gemeint" beeilte sich Renate schnell zu versichern: „also mein Mann Paul und ich, wir haben beiden Kindern schon zeitig das sehr informative TV-Frühprogramm für Kinder sehen lassen! – Besonders am Wochenende war das gut, weil wir so doch etwas länger schlafen konnten", setzte sie kichernd hinzu.

Tanja schüttelte nur den Kopf: „Ich kann mir nicht vorstellen, das dies die richtige Lösung war. Außerdem, so habe ich einmal gelesen, haben gerade die Kleinkinder ein so großes Lernvermögen wie sonst nie wieder in ihrem Leben. Diese Fähigkeit nimmt mit zunehmendem Lebensalter wesentlich schneller ab, als das allgemein bekannt ist. Wenn man also einen guten Grundstock von Allgemeinwissen legen will, dann in diesen frühen Jahren. Und ich denke, die Kinder empfinden es auch als liebevoll, sozusagen als Streicheleinheit, wenn sich die Eltern mit ihnen und ihren Fragen beschäftigen. Und was sie rechtzeitig gelernt haben, darauf können sie auch später leicht zurückgreifen, während andere es sich erst mühsam erarbeiten müssen. Gerade in unserer modernen Gesellschaft stellt dies doch sogar einen nicht zu unterschätzenden Bildungsvorsprung dar".

Renate wiegte den Kopf hin und her und seufzte schließlich eindrucksvoll: „Was du dir alles für Gedanken machst! Wir sind doch auch so groß geworden – und..." sie holte tief Atem „... sind wir deswegen etwa schlechter?" Beim Sprechen machte Sie mit der Hand einen vielsagenden Schlenker durch die Luft. „Nun ja", erwiderte Tanja mit einem Blick auf ihre alte Mutter „es ist schon wahr, dass unsere Eltern durch die Umstände wenig Zeit für uns hatten – sie haben ja Tag und Nacht schuften müssen, um für den materiellen Unterhalt der Familie zu sorgen. Aber ich kann mich noch gut erinnern, dass Vater mich oft mitgenommen hat, um ihm bei einer Arbeit zu helfen oder vielleicht auch nur, um mit mir zusammen zu sein. Wenn ich ihn dann etwas gefragt habe, hat er immer genau und ausführlich Auskunft gegeben. Ich habe ihm sehr gerne zugehört und obwohl er keine höhere Schulbildung hatte, wusste er sehr viele interessante Dinge." „Ja, ja, das Papa-Kind", lachte Renate

„du warst immer um ihn herum. Ich fand es immer langweilig, wenn er bei allen Erklärungen so weit ausholte, als ob er beim Urschleim anfangen wollte!"
Tanja schüttelte den Kopf: „Nun, das ist wohl gerade ein positiver Umstand – er wollte sicher, dass wir auch die Hintergründe verstehen sollten. Er hätte es sich sonst doch leichter machen können, indem er uns nur einen „Brocken" – aus dem Zusammenhang gerissen – auf unsere Fragen vorgeworfen hätte. – Ich jedenfalls will versuchen, meinem Simon die gleiche Aufmerksamkeit zu widmen".
„So, na ja" meinte nun Renate gedehnt und fügte hinzu: „Aber mach' dir keine Illusionen. Es ist dir sowieso von den Rangen keiner auch nur ein bisschen dankbar für alles, was man für sie getan hat. Wenn meine zwei wenigstens mal zuhören würden, wenn man etwas sagt. Aber sie hören ja mehr auf ihre Schul-Kumpane mit diesen ganzen verrückten Ideen als auf die Eltern!"
Die Schwestern halfen der Mutter, den Kaffeetisch zu decken. Als alles bereit war, wurden noch die Kinder hinzugerufen. Begeistert stürzten sie sich auf den selbstgebackenen Kuchen ihrer Großmutter. Selbst der kleine Simon griff beherzt zu einem Stück Mohnkuchen. Dabei fiel ihm offen-

sichtlich etwas Wichtiges ein und er verkün-
dete gleich: „Tante Renate, du darfst nicht
so viel Mohnkuchen essen! Davon wird man
nämlich dumm". „Was ist denn das für ein
Unfug?" fragte Renate beleidigt. Jetzt schal-
tete sich erstmalig die Großmutter ein und
sagte: „Recht hat er, der Junge - die Sub-
stanzen im Mohn können in größeren Men-
gen sehr schädlich sein. Wusstest du das
nicht, Renate?"
„Nein" sagte darauf Renate voller Empörung
„woher soll ich das wissen, das hat mir
schließlich noch niemand erklärt...".

Warum habe ich rote Haare?

Es war viel Verkehr auf der Hauptstraße, die vom Rathausvorplatz zum Hauptbahnhof führte. Oft kam der Verkehr ins Stocken und selbst auf den relativ schmalen Gehwegen waren viele Menschen unterwegs. Zwei Männer gingen auf dem seitlichen Gehweg aufeinander zu, offensichtlich ohne den anderen zu bemerken. Sie waren schon sehr nahe und es wäre unweigerlich zum Zusammenstoß gekommen, wenn nicht gerade in dem Moment ein Autofahrer ganz in ihrer Nähe laut gehupt hätte. Beide schraken aus ihren Gedanken auf und erblickten ihr Gegenüber und waren sich schlagartig der Situation bewusst. Nun erkannten sie sich augenblicklich sogar als alte Bekannte.
„Oh je, Bernd, beinahe hätten wir wohl beide auf der Strasse gelegen," meinte der eine der beiden, ein großer, kräftiger Mann mit einem Oberlippenbart.
„Ja, Günther", meinte der andere, auch nicht ganz schlanke „wenn wir zusammengestoßen wären, hätte es einen Fettfleck gegeben." Beide lachten. "Manchmal blickt man halt ein wenig mit sich selbst beschäftigt so vor sich hin und merkt gar nicht so richtig,

was um einen herum passiert", sagte Bernd „Wer könnte wohl von sich sagen: , Mir geht das nie so!' ? Ich denke, die meisten Leute haben heute so viel mit sich selbst zu tun, dass sie gar nicht mehr als normal reagierende Menschen eingestuft werden können. Wohlgemerkt: in den Städten und – je größer der Ballungsraum – je schlimmer. Auf dem Dorf geht es auch heute noch viel mehr miteinander als nebeneinander zu – aber wie lange noch? Ich habe es erst kürzlich erlebt, dass bei einem Ausflug ins Rothenburger Land auf dem Feld ein Bauer aufschaute bei seiner Hackarbeit und uns Vorbeiwandernde freundlich grüßte und fragte nach dem Woher und Wohin und es gab dort noch weitere Begegnungen ähnlicher Art. Die Menschen sehen von weitem, dies ist ein Fremder, den spricht man mal an – der Mensch interessiert noch." „Hm, ja", meinte Günther, da hast du sicher recht.
Bernd fuhr fort: „In den Städten gibt es dagegen den städteplanerisch geschaffenen Massentierhaltungseffekt für Menschen – entstanden aus dem sicher teilweise begründeten Verbot der ‚Zersiedlung der Landschaft' und dem jahrzehntelangen uneingeschränkten Lobpreis der ‚städtebaulichen Verdichtung'. Ergebnis: Es gibt keinen bekannten ‚Nächsten' oder Nachbarn mehr,

nur noch ‚andere Leute‘, die nebenan wohnen, oftmals nicht mal mit Namen bekannt. Die Menschen haben voreinander Angst, sind aggressiv und kapseln sich gleichzeitig vom anderen ab. Ein soziologisch fürchterliches Ergebnis modernen Lebens". Günther nickte nachdenklich: „Ja, das stimmt wohl. Meine Frau fuhr kürzlich im – wie immer – völlig überfüllten Linienbus zur Arbeit und neben ihr stand ein junger Bursche, der sich einen roten Streifen in seine Haarpracht gefärbt hatte. Er sprach sie an und sagte: ‚Weißt du, warum ich die roten Haare habe?‘ Meine Frau schüttelte den Kopf. ‚Ich will gerne, dass mich mal jemand beachtet!‘ Diese Aussage machte meine Frau sehr nachdenklich. Hieß dies doch, dass er sich so sehr unbeachtet fühlte, dass er zu ausgefallenen Mitteln greifen musste, um dieses Bedürfnis zu befriedigen. Meine Frau sagte zu mir später: ‚Trotz der auffallenden Aufmachung des Jungen interessierte sich keiner für ihn - er wurde dennoch nicht mal zur Kenntnis genommen. Sonst hätte er mich auch kaum angesprochen.‘ Ist das nicht schlimm?" „Ja, genau", stimmte Bernd zu. „Es ist ein Effekt der Vereinsamung von vielen Menschen inmitten von Ballungszentren zu beobachten. Und dies ist gerade bei Jugendlichen besonders kritisch – und gesell-

schaftsgefährdend! Was macht dieser Jugendliche, von dem du gerade gesprochen hast, wohl **als nächstes**, damit er sich beachtet fühlt...?"
Beide Männer schwiegen – sie wollten auf diese Frage nicht antworten. Schließlich gaben sie sich wortlos die Hand zum Abschied und setzten ihren Weg fort.

Warum ist dir eigentlich nie langweilig?

Andrea, ein 20-jähriges Mädchen mit langen, blonden Haaren und einem fast noch kindlich weichen Gesicht, kam auf hochhackigen Schuhen ins Arbeitszimmer ihres Vaters gestelzt, blickte zu ihrem Vater hin, der gerade im Bücherschrank nach etwas suchte und lies sich in dem großen Ohrensessel ihres Vaters plumpsen. Sie drehte eine Strähne ihrer Haare im Zeigefinger ein und lies sie wieder herunterfallen. Der Vater sagte nichts. Andrea begann, an den Fingernägeln zu kauen.
„Ich habe jetzt drei Stunden Heavy-Metal-Musik gehört, nun habe ich keine Lust mehr. Mir ist langweilig. Hast du nicht einen Vorschlag, was ich machen könnte? Papa, warum ist dir eigentlich nie langweilig?" fragte Andrea.
Der Vater lächelte ein wenig, dann sagte er ernst: „ Weißt du, wenn man Verantwortung hat, bereits allein für eine Familie, dann wird man in unserer Zeit ganz schön beschäftigt. Du weißt noch nicht viel von dem vielen Papierkrieg, der einem die Zeit stiehlt für wichtigere Dinge, beginnend mit Formularen für die Krankenkasse, für die Rentenversiche-

rung, der Haftpflicht- und der Autoversicherung, für die Scheckkarte, die Heizungsablesung, die Stromversorgung usw. bis für die Sperrmüllabholung über die Prüfung und Bezahlung von Rechnungen der vielfältigsten Art bis zur Steuererklärung. Dennoch muss man auch Zeit finden für die Familie und für sich selbst.

Es gibt eigentlich so viele wirklich interessante und auch wichtige Dinge, mit denen ich mich gerne beschäftigen würde, leider reicht meine Zeit meistens gar nicht aus. Ich höre auch ganz gerne mal Musik, aber ich kann dir nur raten, dich mehr mit solchen Dingen zu beschäftigen, die dir etwas nützen. Es ist doch für dich besonders wichtig, dich in jeder Beziehung so zu informieren, ja sachkundig zu machen, dass du später nicht mal bedauernd sagen müsstest, das hätte ich früher wissen müssen! Dann wäre mir dies oder jenes nicht passiert, z.B. ich hätte diesen Schaden nicht erlitten, wäre ich nicht in diese wirtschaftliche Lage geraten, oder sogar meine Ehe wäre nicht gescheitert, oder ich hätte eine Beziehung, die mich viel Kraft, Zeit und Nerven gekostet hat, von Anfang an anders beurteilt. – Lies gute und wichtige Bücher – keine schwülstigen Romane, sondern Sachbücher, die Aufschluss geben über so manche Hintergründe!“ –

Andrea zog die Augenbrauen hoch: „Na, ja, heute liest man doch wohl nicht mehr – man braucht einfach nur ins Internet gucken und schon hat man seine Informationen...."
„So, meinst du", sagte der Vater „ich habe die Erfahrung gesammelt, dass man wohl Fakten und Informationen ähnlich wie in einem Lexikon gut abrufen kann, aber tiefgehendes Wissen um Hintergründe, fundierte Entscheidungshilfen und alles, was etwas „Tiefgang" braucht, muss man sich schon aus Büchern erarbeiten. Sicher kann das Internet in dem einen oder anderen Fall eine Hilfe sein, aber deine Haltung zu dieser oder jener Frage? Was ist dir wirklich wichtig? Ist es das Richtige oder ist vielleicht etwas anderes viel wichtiger für mich? Tust du genug für dieses Wichtige oder verplemperst du deine Zeit mit unbedeutenden Dingen? Kannst du noch, ohne rot zu werden, dich selbst im Spiegel sehen? Und so weiter..."
Andrea bekam rote Ohren. Sie hatte wohl langsam eine Ahnung, was ihr noch mangelte.
„Du kennst sicher auch Personen, die schon jenseits der 30 sind, also nach deinen Maßstäben steinalt" – der Vater lächelte wieder „und doch sind sie offensichtlich nie erwachsen geworden. Sie haben den Reifungsprozess an sich nicht vollzogen – vielleicht aus

Angst, sich den ernsten Fragen und Problemen des Lebens zu stellen. Meist sind diese Menschen sehr wankelmütig in ihren Ansichten – was kein Wunder ist und sie sind auch nicht zuverlässig. Ich kann dich jedenfalls nur warnen, dich auf eine Beziehung mit solchen unreifen Menschen einzulassen. Da sie noch immer im Stadium Kind beziehungsweise Jugendlicher leben, denken sie nur in der Ich-Perspektive. Sie sind nicht in der Lage, sich in die Situation des anderen zu versetzen – ja sie wollen es auch gar nicht. Sie machen sich ihre Wahrheit selber. Was noch schlimmer ist: Kinder wollen zwar geliebt werden, aber sie wollen in aller Regel nichts geben – außer vielleicht mal, wenn sie in edler Spendierlaune sind. Dass echte Liebe unter erwachsenen Menschen eine andere Basis braucht, vermögen sie durch den Stillstand ihrer Entwicklung nicht zu erkennen. Sie weigern sich sozusagen, erwachsen zu werden. Das gelingt heute sogar relativ vielen Menschen, weil der materielle Zwang, sich mit der realen Welt auseinander zu setzen, oftmals fehlt. Gerade, wenn diese Personen aus wohlhabenden Familien stammen, die „sich ins gemachte Nest" setzen konnten oder sich sonst keine Sorgen bezüglich des Lebensunterhaltes machen brauchen. Ich habe es schon mehrfach erlebt, dass diese ihren Lebenssinn offenbar darin sehen, sich nur stets das Neueste und Teuerste zu kaufen und ihre Zeit, wie es die ‚Spaßgesellschaft' heute ermöglicht, mit möglichst viel ‚fun' zu verbringen. Frage dich einmal, was solch ein Mensch tut, wenn diese Lebensweise ihm einmal nicht mehr möglich ist – sei es aus gesundheitlichen oder anderen Gründen. Er wird sich und sein Los von früh bis spät bejammern – was sogar verständlich ist, denn er hat ja sonst nichts! Er hat an sich nicht gearbeitet – sein Wesen ist unfertig. Weiter will ich dies nicht ausführen – aber mach dir mal dazu deine eigenen Gedanken!"

„Ja", meinte Andrea nun nachdenklich „ich habe erst vor kurzem in unserm Kirchenblatt gelesen, dass es nach Gottes Willen die wichtigste Aufgabe eines jeden Menschen ist, an sich selbst zu arbeiten, um eine Reife des eigenen Wesens zu erlangen. ... Ich denke, nur so kann man auch ein wertvoller und liebenswerter Mensch für andere Menschen, zum Beispiel für den Lebenspartner und auch für die Kinder werden."

Der Vater nickte. „Ich kann dir daher nur raten, lies die richtigen Bücher und werde klug – es ist für dich und dein Leben entscheidend, denn du hast es noch vor dir und du stellst jetzt die Weichen!" Andrea sah etwas unschlüssig umher, sie musste das alles wohl erst man verarbeiten.

„Und wenn du dann noch Zeit hast, kannst du natürlich auch Musik hören" lachte jetzt der Vater und nahm sie in den Arm. Und Andrea lachte mit. ‚Wie gut es doch tut, wenn man rechtzeitig freundschaftlich beraten wird und ein echtes, lohnendes Ziel aufgezeigt bekommt', dachte sie – und: ‚Ob das viele Jugendliche so erleben?'

Warum schauen Ihre Augen so fröhlich?

Ein schöner Spätsommertag neigte sich langsam zum Abend hin, aber die Sonne hatte noch immer Kraft und im alten Park am Stadtweiher hielten sich etliche Leute auf, die – wie es schien – den Tag bis zur Neige genießen wollten. Ein paar Kinder tollten verbotenerweise auf der sehr ordentlich geschnittenen weitläufigen Rasenfläche vor dem Weiher und etliche Jugendliche ließen Steinchen über die Wasserfläche springen. Eine größere Zahl junger Leute hielten mit beeindruckender Ausdauer alle nicht von der Kleidung bedeckten Hautflächen ins Sonnenlicht zum Bräunen. Die meisten hatten ihr Gesicht mit geschlossenen Augen starr in Richtung Sonne gerichtet. Einige ältere Menschen hielten sich mehr auf den Bänken in den weiter hinten im Park liegenden schattigen Bereichen auf. Auf eine freie Bank im Schatten setze sich auch ein junger Mann, der in seiner Erscheinung und Mimik eher den Eindruck machte, er hätte sich hierher verlaufen. Er hatte offenbar Frust und lies dies auch deutlich heraus. Er gestikulierte heftig und schimpfte dabei vor sich hin – auf sich, seine Flamme, auf Gott und die Welt: "Verdammt, warum krieg` ich immer eine Abfuhr?! War wirklich geil, die Schnecke ejh – total cool... Ich hab's vermasselt. Vielleicht hätte ich mir auch so 'ne Wet-Haar-Frisur mache lassen sollen wie der Patrick. Oder zumindest einen dicken goldenen Ohrring wie Andy, vielleicht auch im Nasenflügel? Ob sie da eher drauf gestanden hätte als auf so einen 08-15-Typen wie mich? Ach, blödes Weib – ich werd' dich vergessen." So in der Art ging das eine ganze Weile, dann wurde er etwas ruhiger. Schließlich kam eine alte Frau mit einem Stock vorbei, offenbar gehbehindert, setzte sich zu ihm auf die Bank und lächelte ihn an: „Ist das nicht ein wunderschöner Tag, den uns heute der liebe Gott geschenkt hat? fragte sie. Der junge Mann war schon im Begriff gewesen, aufzustehen und zu gehen – da sah er ihre Augen, die kein bischen alt waren und die ihn so fröhlich anblickten, dass er ganz davon eingenommen wurde. Es waren wasserblaue Augen, die ihn an eine sprudelnde Quelle erinnerten, die so ehrlich und offen dreinblickten, dass es ihm bis ins Herz ging. Der junge Mann blieb sitzen: „Jjaa, ja" stotterte er ein leise. Und weil er sich im nachhinein für sein Stottern schämte und um zu zeigen, dass er auch anders konnte, setzte er hinzu: „Das Wetter ist in Ordnung, aber alles andere ist Sch... eine Katastrophe." Die Augen der alten Frau blitzten in ihrem runzligen Gesicht: „So schlecht sehen Sie gar nicht aus! Haben Sie Schmerzen? Oder ist jemand gestorben?" Etwas verlegen und um nicht als dumm angesehen zu werden, sagte er: „Nein, nein, aber ich habe etwas sehr Trauriges erlebt und in gewisser Weise bereitet das auch Schmerzen...". Dann war eine kurze Zeit Schweigen. „Sagen Sie mal, warum schauen Ihre Augen so fröhlich?" fragte der junge Mann plötzlich. Die alte Frau richtete sich langsam ganz gerade auf, drehte sich zu dem jungen Mann und blickte ihm direkt in die Augen: „Ich habe zwar Schmerzen in meiner Hüfte beim Laufen, aber ich bin froh, dass ich noch laufen kann. Ich bin so glücklich, dass all das, was ich erleben musste und durfte, mich so geformt hat, dass ich mich in dem Willen Gottes erfreuen und darin geborgen sehen kann. Und wenn man mich fragen würde, warum mein Leben so und nicht anders verlaufen ist, so würde ich sagen – ja, es mußte wohl so sein. Die Schule des Lebens hat uns der liebe Gott verordnet – nicht um uns zu quälen, zu ärgern oder gar zu strafen – er will uns erziehen, um für ein späteres Leben bei ihm tauglich zu sein. Und ich glaube es nicht

nur, sondern ich weiß es, dass es dort wunderbar herrlich sein wird – ein rechter Vater gibt seinen Kindern schließlich immer das Beste. Aber nur wer das auch will, wer sich in die Hand Gottes freiwillig gibt, den erzieht er auch. Wer bewußt Gott ablehnt, dem wird er sich nicht aufdrängen. Schon vor 4000 Jahren hat er den Menschen geboten, nach ihm zu suchen und zu fragen. Und wer das mit der rechten Einstellung tut, dem will er es gelingen lassen, dass er ihn, den gewaltigen Schöpfer, den König der Liebe findet. Was ist denn sonst der Sinn des menschlichen Lebens? Alles auf der Erde ist doch so sinnvoll gestaltet – man kann nur staunend feststellen, wie perfekt die Natur funktioniert. Das kommt doch nicht von allein! Ein Zufall? Der wäre viel unwahrscheinlicher als ein Lottogewinn! Nein – Gott, der im Hintergrund unerkannt wirkt, hat das den Menschen, seinen Kindern, die er liebt, geschenkt! Und er hat gesagt, dass der Mensch, der ihn auch lieb hat von ganzem Herzen, einen unermesslichen Lohn empfangen wird. Genau darauf hoffe ich – wie sollte ich dann nicht fröhlich sein?"
Der junge Mann war völlig sprachlos, eine so leidenschaftliche Predigt hatte er noch nie gehört – und das von einer alten Frau, die er fast bemitleidet hätte. Er schluckte,

räusperte sich und sagte schließlich: „Davon müssen Sie mir noch mehr erzählen...“. Und so kam es, dass als es schon dunkel wurde und die lärmenden Kinder, die steinewerfenden Jugendlichen und auch die Sonnenanbeter längst weg waren, auf einer Bank im Park noch immer eine alte Frau und ein junger Mann saßen und redeten und redeten und redeten. Und mit dem letzten Sonnenlicht hatte die alte Frau den Eindruck, als wären auch die Augen des jungen Mannes schon viel fröhlicher geworden.